KB118063

해녀들

허영선 시집

문학동네시인선 095 허영선

해녀들

시인의 말

새벽길에 보았다.
물길을 가는 그녀들.

저무는 길에 보았다.
별처럼 우수수
붉은 바다로 뛰어드는 그녀들.

나는 그저 그녀들을 뒤따를 뿐이다.
물의 시를 쓰는 물속의 생과
몸의 시를 쓰는 모든 물 밖의 생을
한 홉 한 홉 기록해나갈 뿐이다.

내 안에 오래도록 꽉 차 있던 소리
숨이 팍 그차질 때 터지는 그 소리
숨비소리
그 소리를 따라 여기까지 왔다.

2017년 6월
허영선

차례

시인의 말 005

1부 해녀전
—울 틈 물 틈 없어야 한다

해녀들 010
해녀 김옥련 1 012
해녀 김옥련 2 014
해녀 고차동 016
해녀 정병춘 018
해녀 덕화 020
해녀 권연 021
해녀 양금녀 024
해녀 양의헌 1 026
해녀 양의헌 2 028
해녀 홍석낭 1 030
해녀 홍석낭 2 032
해녀 문경수 035
해녀 강안자 036
해녀 김순덕 038
해녀 현덕선 040
해녀 말선이 042
해녀 박옥랑 044

해녀 고인오 045
해녀 김태매 048
해녀 고태연 050
해녀 매옥이 052
해녀 장분다 054
해녀 김승자 056
해녀 오순아 057

2부 제주 해녀들
—사랑을 품지 않고 어찌 바다에 들겠는가

우린 몸을 산처럼 했네 060
몸국 한 사발 061
북촌 해녀사 062
우리 애기 울면 젖 호끔 멕여줍서 064
우리는 우주의 분홍 젖꼭지들 066
한순간의 결행을 위해 나는 살았죠 068
파도 없는 오늘이 어디 있으랴 070
다려도엔 해녀콩들 모여 삽니다 072
바닷속 호흡은 무엇을 붙잡는가 074
먹물 튕겨 달아나는 문어처럼 075
잠든 파도까지 쳐라! 076

사랑을 품지 않고 어찌 바다에 들겠는가 078
얼마나 깊이 내려가야 만날 수 있나 080
우리가 걷는 바당올레는 082
물질만 물질만 하였지 084
혹여 제주섬을 아시는가 086
심장을 드러낸 저 붉은 칸나 088
테왁이 말하기를 090
모든 시작은 해 진 뒤에 있다 092
내 먹은 힘으로 사랑을 낳았던가 093
울고 싶을 땐 물에서 울어라 094
단 한 홉으로 날려라 096
딸아, 너는 물의 딸이거늘 098
해녀는 묵은 것들의 힘을 믿는다 101
어머니, 당신은 아직도 푸른 상군이어요 102

산문 | 그들은 물에서 시를 쓴다 105

1부 해녀전

—울 틈 물 틈 없어야 한다

해녀들

안으로만 수그리던 별방*의 바람
끝내 지렛대처럼 튀어올랐네
천둥벼락 불을 지폈네
깜장 치마 흰 저고리
바다 호미 빗창 들고 띠를 둘렀네
밥주발로 떠낸 메밀떡은 비상식량
살기등등 거센 파도 숨으로 막아
죽기 살기로 싸웠어
부당하잖아
무서운 게 뭐야
세화장판 발칵 솟구쳤네
섬 벼랑 날선 바람은
까마귀 머리 부딪히듯 뒤엎어졌지

"해녀 피 빨지 마라"
목포서 날아온 빨간 모자 검은 띠 특공대
허공 향해 팡팡 소리 낼 때
흩어지면 잡힌다
"끼리끼리 꽉꽉 잡아라"
4열로 팔짱 끼자
막힌 물길 터졌네
순식간에 달려든 승냥이 이빨들
붉은 도장 딱따구리 부리처럼

시퍼런 파도를 갈라놓았네

딱딱 쪼네 팔 아래도, 치맛장에도
딱딱 찍네, 등때기에도
골목골목 눈 부릅 순사들
모아모아 집중 폭우처럼 끓어오르자
이윽고 숨죽였던 생애 첫 파도가 과짝 일어섰네

* 제주시 구좌읍 하도리의 옛 이름.

해녀 김옥련* 1

죄명은 소요랍니다
기어코 이름 불지 않았습니다

문패 없는 바다에서 무자맥질한 죄
한목숨 바다에 걸고 산 죄는
있습니다만,
또하나 죄라면

전복 해초 바다 물건 제값 달란 죄
악덕 상인 파면하란 죄
바다는 우리 밭, 호미 들고 빗창 든 죄

돌담 위로 난바다 식민의 바람 편향적으로 불 때
죄 없이 죄인 된 스물둘 소녀회 회장
꽁꽁 팔 묶여
꿈마저 호송당했습니다

그때 알았습니다
캄캄한 동굴 같은 감옥에서
갇힌 물은 때론 죽음 같은 고문 되는 것
우리 혈맥 다 끊어도 우리 사랑 막지 못한다,
사랑 없는 숨비질은 죽음이란 것

버티고 버텼습니다 뼛속 물의 힘으로
그해 겨울에서 봄까지
소금꽃 얼음꽃 물 아닌 감옥에서 피웠습니다

끝끝내 살아남아 이룬 것 하나

바락바락꽃

* 김옥련(1907~2005)은 일제강점기, 1931년 6월부터 1932년 1월까지 일제 수탈에 맞서 싸운 제주해녀항쟁의 주모자 중 한 사람으로 6개월의 옥고를 치렀다.

해녀 김옥련 2

그래요 한번 따라하셔요
안 당하면 몰라요

손가락 사이사이 사각 도장 넣고 누르기
귀밑 급소 누르기
팔 꺾어 뒤로 팔 걸기
등짝 벗겨 쇠거죽채로 때리기
그도 모자라
네모난 장작 다리, 다리 사이로 넣고
무릎 꿇리고 허벅지 누르기

더 있지
진짜배기란 말이지
학교 걸상에 눕혀 줄로 책상을 묶는 거야
머리채 잡고 코에 물 폭탄 치는 거야
에잇, 내리쳐보라지
물 아래 전복 하나 나꿔챌 때까지만 와락
참으면 되지

이미 물의 지옥 견뎌본 자,
바당 물질 그만큼만 참으면 되지
견딜 만큼 견디다 숨비소리 내면 되지
웬걸, 감각도 도려내고 정신 줄도 물숨 먹었나

이미 몸은 새파랗게 부푼 물고기처럼 파들거렸지
옥문 나와 화톳불에 몸 녹인 것도 죄라지
양동이 물바가지로 솜옷 덧씌워
일주일 고문 더 하던 그해

한사코 바다 탯줄 끊지 못한
섬의 여인들
징역을 살아내던 여인들

해녀 고차동*

고운 모래 명사십리 원산 물질 기억하지
해당화 웃음 짓던 춘화 언니랑
낮엔 바당, 밤엔 원산관 야학을 했지

앉으나 서나 확실한 앞날은 없어
날마다 세화 장터 모이고 모여 소리치듯이
고향 바당 헤젓듯 우무 뜯던 하루벌이 제주 해녀들

앞뒷집 물질 소리 휑휑하더니
언 살 칼끝으로 원산 바다 소리치더니
고향에선 빨리 오라 전보 수십 통

열여덟 새색시
사상으로 죽은 남편
물질로 일본 학비 조달 톡톡히 했지

여덟 살에 갓물질 열네 살에 강원도 통천 바당
흐린 세월 훨훨 물질로 풀며 돌다
전국 팔도 포목상 잡화상 오사카 비단 장사
보따리 하나 들고 뱅뱅
죽었다 살았다 하던 고사장님

이제는 서울 공항동

백발의 단발 황혼
아직도 오늘이 그날처럼
크렁크렁 물소리 내고 있지

* 고차동(고순효, 1915~?)은 제주해녀항쟁에 가담했던 핵심 인물 중 한 사람이다. 해녀항쟁의 주역들이었던 부춘화(1908~1995), 김옥련과 한때 부산 국제시장에서 만나 장사를 했다.

해녀 정병춘*

북촌 지나 동복리 4 · 3추모비 한 편
도쿄 신오쿠보 골목 어귀 작은 방,
땡볕 속에 만난
그녀, 이름 있다
성금 일천오백만 원 새겨져 있다
'재일동포 정병춘'

어려서 왼눈 잃은 바다새였네
열여섯에 검은 바다 건넜네
쓰시마 물질 그도 모자라
도쿄 한복판 일본 감옥소
서른 번 마흔 번도 모자라게
드나들었던,

끝내 흔들리지 않았네
흔들려도 흔들릴 뿐
무너지지 않았네

외눈으로 세상을 닦았다네
외눈으로 폭풍 치는 바다 건넜네

그 이름
하루코

해녀 이름

정병춘

* 다큐멘터리 영화 〈하루코〉의 주인공. 2019년 4월 103세를 일기로 도쿄에서 생을 접었다.

해녀 덕화

단단하게 더 단단하게 햇볕에 탱탱 굴려
굳을 대로 굳어서
바늘 한 촉 들 수 없게 해야지
갓난쟁이 모시듯 테왁은 그렇게 모셔야지
박의 속 박박 긁어내 구멍을 뚫고
큰 송진 긁어서 진득진득 발라줘야지
깨지면 덧칠해야지
처음부터 제대로 입히는 게 상식이라지

아버지가 그러셨지
우리 삶도 그러한 것
상식 없는 세상 조심해야지
안 그러면 덕화야 물 들어 가라앉는다

괄락

어디선가 날아온 아버지 말씀
울 틈 물 틈 없어야 한다
넘어져도 깨지지 않는 두렁박처럼
안 그러면 우리 덕화 가라앉는다

괄락

해녀 권연

기억한다 먹빛 바다로 몸을 투척하던 어머니를
늘 목젖을 통과한 마지막 숨을
쥐어짜듯 내뱉고는 사라지던 어머니를

기다렸다 저물어가는 서귀포 쇠소깍 소금막에서
하얀 테왁이 보이지 않을 때까지
주문을 했다 바다여 씨를 뿌려다오
씨를 뿌려다오

봄이 오면 늑골이 바로 서고
여름 오면 등뼈가 탄탄해진
가을엔 통통 살 오른 얼굴로
어머니의 처소로 들게 하시라

태평양 소금기로 얼굴 싸맨
어머니는 저문 바다를 몸에 묻히며
비로소 걸어 나오실 테지

저녁 해가 바다를 긁고 있었다
기다리지 않아도 수평선을 흔들던 소리는
더이상 들리지 않았다

기다렸다 소금막에서

불을 지폈다 불은
곧 어머니의 언 몸을 녹여주겠지
썰물과 함께 들어간 어머니는 끝내
밀물과 함께 숨을 내쉬며 올라왔다

기억한다
이윽고 젖은 머릿수건을 헤집고 나온
머리칼은 이미 폭풍우 한바탕 겪고 올라온 자
살갗은 산지사방 몰아치던 물의 결을 견딘
알 수 없는 색깔을 띠고 있었다

바다로 올라오신 어머니는
생의 한 귀퉁이를 건져올린 자의
성스러운 기적처럼
둥근 미소를 띠고 있었다

젖은 발 사이사이로 검은 소금 모래가 새 나왔다
어머니의 한 망사리엔
나의 미래가 담겨 있었다
아직도 어머니의 그 성소는 안녕하신가
이제는 돌아갈 수 없는 고향의 소금막

기억하실까

그 겨울 불턱에 앉아 기다리던 어린 아들을
도쿄 아라카와 구
백발 아들의 방에서
물옷 벗고 흑백으로 웃고 계신
나의 어머니

권세 권, 제비 연

해녀 양금녀

아버지 목청은 퉁소 소리
바람 불면 바람 부는 대로
파도치면 파도치는 대로
소릿길을 냈습니다

김녕 바다 바람 불면 그 소리
북촌* 바다 울렸습니다
김매던 홀어멍들 덮치자
다리 뻗고 사아삭 숨비소리 냈습니다
맺힌 가슴 풀었습니다

금딸 은딸 다섯 살에
아버지 무르팍 처대던 선소리 행상 소리
척척 받아내던 막내딸
열다섯에 가설극장 무대에 서
가는 봄 오는 봄 애간장 녹였죠

그해 겨울, 퉁소 소리 바람처럼 떠돌며
풍찬 바다 아득한 길 텄습니다
팡팡 눈은 내리고
내리며 흩어지던 갯바위 사이사이
그해 겨울 죽은 몸들 수습하던 젊은 아버지
열여섯에 물질하며 행상 소리 할 때

가슴 크게 가져라
바다만한 가슴 없이
어찌 소리 공양 하겠는가

아버지 소리 따랐습니다
죽은 자들 영혼 달래고 산 자들 복 받게 하던
아버지 소릿길 따라갑니다

동복리 울울한 소리꾼 집 어귀
연둣빛 팽나무 몸통으로
아버지의 오래된 퉁소 소리 휘젓습니다

바다에선 여전히
아버지 퉁소 소리
그 소리에 아직도
사악삭 시린 가슴 풀어헤치는
홀어멍들 숨비소리 있습니다

* 4 · 3 사건 이후 북촌마을은 한동안 '무남촌'이라 불렸다.

해녀 양의헌* 1

야야, 어디 가니
이 어미 문드러진 가슴 보거라
한밤중
꿈에 나더라

맨발로 눈 쌓인 벌판 휘달려오던 검정 학생복
네 얼굴 보이더라

어디 가니
다시 봄 오면 다니러 가마
옷가지 갖고
달려가마 평양까지

빈집
오사카 이쿠노쿠 조선 시장 올레길 흐린 눈
자꾸 희미해간다
야야, 어디 가니

먼바다 잠수하던 마흔의 미에현, 그때도
기다리듯
지금도 거기 그대로
기다리거라

* 다큐멘터리 〈해녀 양씨〉의 주인공. 제주시 동복리 출신으로, 4·3 시기 일본으로 건너갔고, 그곳에서 세 명의 아들이 북으로 갔다. 오사카 이쿠노쿠에서 살다가 2015년 3월 100년의 생을 마감했다.

해녀 양의헌 2

내 몸속을 흐르는 건 제주 골막* 애기바당
내 몸을 적시는 건 에히메, 쓰시마 휘감던 소금
거친 슬픔도 오래된 흉터로
소금물이 눌러 앉혔다
돌 속 구멍 나폴나폴
그 숨쉬는 바다 수풀 돌 틈서 집 짓는 새끼 문어,
늙은 해삼도 소라 전복도 몽클 미역도
모두 내 몸에 자란다
내 귀는 아직도 그 물결 소리로 집 짓고 있다

부탁한다 큰년아
어서 오거라 흐린 망막 한 칸에 꽁꽁
누워 있는 내 큰눈** 꺼내오거라
그 옆에 허연 잠수복 갖고 오는 것도 잊지 마라
나 오늘도 먼바다로 가야겠다

오사카 외진 병동에 누운 해녀 양씨
오늘도 부탁한다 부탁한다
부디 다시 나를 일으켜 세워주거라
한목숨 흐르던
그 바다
아직도 몸안에 흐르고 있어
물노동 팔십 년 그 시퍼런 바다 목소리

내 몸에 흐르고 있어
부탁한다

불현듯 떨어지던 국제 통화, 그 목소리
난 선뜻 그녀의 방으로 들어갈 수 없다
내 몸에선 무엇이 자라고 있을까
내 눈이 더듬고 있는 건 어딜까

* 제주시 동복 마을.
** 해녀들의 물안경.

해녀 홍석낭* 1

어려서 적적
늙어서도 적적
허니 숨비질이지

비 오는 바당도 적적
과랑과랑** 몸 푸는 대낮도 적적
그러니 노래하지
담배 태우듯 숨비질하지

안개 너머 그리운 너를 향해
두서없이 편지 쓰듯
물로 뱅뱅 노래하지

활처럼 등 굽은 나 홀로의 거처
할 일 있나 짚풀 더미 타고 넘는 기억의 등뼈
그 위로 제주해협 건너는 물결소리도
바닷돌에 집 짓는 우뭇가사리처럼 뿌리내려
요코하마 들어올렸지

해방되고
새 봄풀 다시 돋아나
고향 가는 뱃고동은
수없이 울렸지

나는 여전히 사투리로 몰아치는 바다로 문을 열었지
앞 바당에 게딱지처럼 붙어살았지
적적 게걸음으로

북으로 난 창을 향해도
남으로 난 창을 향해도 적적
그러니 노래하지
봉양할 길 없는 삼십 년 만의 고향 빠스
마이크 잡고 노래했지

이 섬 저 섬,
굽이굽이 섬으로 돌다 와도
굽이치는 적적 그러니 살지
치바현 나 홀로
적적
아흔

* 갓 스물에 징용 물질로 일본에 간 홍석낭은 아흔 평생 물질하며 치바현에서 홀로 살고 있다.
** '햇볕이 쨍쨍'이라는 의미의 제주어.

해녀 홍석낭 2

내 몸엔 물의 비늘이 달려 있어
내 몸엔 사라진 길이 있어
찾아봐 가재바위처럼 웅크린 몸

눈 뜨니 시즈오카
갓 스물 제주해협 건넌 징용 물질
팡팡 공습의 오사카 복판에서 초례 치르고
그 바다 외딴 물 찰락찰락 퍼대며 살았지

눈치 없이 달아오른 달빛의 밤에도
다 자라지 못한 바다풀이 날 끌어주더라

알았다
내 맨발은 모래투성이
깊은 울음은 깊은 어둠에 잠겨서야
평안해진다는 것
떠밀려온 어둠의 밀물은 다 나의 것

이 어둠에 밀려가선 안 되지
이리 오너라
내 삶의 고리 위로 달려오너라

예측 없이 당도한 길

이제 닮을 대로 닮아졌어
나의 살거죽의 지문은
마지막 범종이 울릴 때
내 고향 금릉 바다 갈매기떼 머리 위를 꾸륵이더니
먼바다 천만 개의 꽃잎으로 퍼덕이더니
꿈속에서도 눈보라처럼 흩어진다, 고향의 짚풀 지붕
치바현 앞마당 왕상거리던 파도가
낯선 항구를 적실 때
무르팍에선 삐걱이는 쇳소리 들리지

알았다
삶은 바다에서 건져올려지는 것
내 생은
바다 산 뒤에 숨은 폭풍 같은 것

견딘다고 견뎌야지, 어쩌겠나
늙은 무르팍에 일본제 파스 한 장 붙이고
뼈와 뼈끼리 악을 쓴다 해도
물속 흐린 날만큼이야 하겠나

뱃고동 손짓해도 아득하고 숨 바빠
동갑 할망 전복 하나에 숨 끊어지는 동안
한번 수장된 사랑은

다시 돌아오지 않지

함께 묻어줘
"오란디야*"도 없는 어머니 무덤가에
나의 한 소절
함께 폭풍처럼 묻고 왔던 그날을

* '왔느냐'를 뜻하는 제주어.

해녀 문경수

은실아
두렵니?
그저 군대환*만큼만 하거라
저 거대한 군대환의 뒤만 졸졸 따르거라

하도리 선배 해녀 문경수
별호는 군대환
가슴도 하체도 힘이 좋았네

야성의 가슴 위로
족장처럼 미역채
한 손으로 흔들어댈 때면
기립한 바다의 부족이 출렁 엎드렸네
바다의 부적 하나씩 품고
모두가 그의 뒤를 따랐네

* 1923년부터 해방 직전까지 제주와 오사카를 오가던 일본의 정기 여객선.

해녀 강안자

그 겨울 천둥 치는 해협 건넜지
졸지 마라
절대 졸지 마라

군인한테 계란 삶아 주고 목숨 건진 할머닌
나침반 없는 작은 고깃배에 나를 실었지
기항지도 방향도 잃은 부리처럼
뱃머리는 감각 없이 돌고 돌다가
끝내는 다시 돌아 부산항이었네

서른 날 지나 다시 뜬 밀항의 밤
갈기갈기 찢기듯 검은 쓰시마
이리 흔들 저리 흔들 닻줄 하나에
목숨줄 내렸다 올렸다 반복하였지
파죽지세 덤벼드는 물천둥 물벼락에
와들랑와들랑 심장은 떨어져나갔지
질끈 감은 목숨줄 내려보니 다시 부산항

어둠 절인 짐칸에 앉아 언 귀 막던 순간
가슴골 숨죽인 물방울들이 달려들었지
무엇이더냐
사라지지 않는 그해 그날의
고향 바다로 떨어지던 건

그 겨울
번개 치던 제주해협 건넜지
죽은 숙부의 눈동자 둥둥 떠다니던
흐를 대로 흐르리라 목숨 뉘인 밤
갯메꽃처럼 오므려 그날을 기다렸지

돌 속의 바람
물위의 바람 속에서도
기록하지 못한 씨앗이
눈물로 떨어져 다시 꽃으로 피어날 때까지
견뎌내고
오래 살아남아

해녀 김순덕

기를 쓰고 닿고 싶다
말미잘처럼 해파리처럼
달라붙어
너에게 닿고 싶다

반짝반짝 은테 두른
물안경 하나 끼고
이젠 닿고 싶다 이승고
나의 노래를 부르고 싶다

제주바다 물결 적시는 밤
순비기 어린 순 한 잎 한 잎
입속으로 들어와 아린 향기로 흩날리는 밤
낯선 아침과 저녁 상처로 짓물러진
나의 무르팍 주무르는 밤

기를 쓰고 닿고 싶다 수초로
너에게 닿고 싶다

청진에서 중국까지 밀려가 섬처럼
나의 몸 받아준 그대
상어처럼 꿈속을 날다보면 보여
고향 바다 박차고 날아오르는 푸른 꿈을 꾸는 거야

바다는 순간 사막이 되고 비로소
물의 노래가 들리는 거야

물눈에 흐르는 성산의 바다
그 소리 참 질기게 잠을 깨우는 거야
어쩌겠나
돌아갈 수 없음을
펄펄 끓는 슬픔도
바닷게처럼 절여지면 그뿐
다신 안 그런다 해도 생은
그럴 수밖에 없음을

밤마다 내 물기 없는
아흔의 눈에 찰싹 붙어서
그 바다 물소리 몰고 오는 거야
벅찬 소리 이윽고
너는 나만의 이 노래를 들어라

해녀 현덕선

비 오는 날이면 영락없이 온 뼈가
바다로 곤두박질친다네

아이 낳고 이튿날
바다로 든 여자
온 뼈 눅신눅신 그 탓
열한 살에 물에 든
애기 잠녀였네

돌바닥에 어린것 뉘어놓고
광목 소중기에 물로야 뱅뱅
뼈도 허리도
관절이란 관절 수평선에 띄웠네
듬북* 듬뿍 몰려든 아침 여섯시에서 일곱시
바다를 상속하였네

북촌리 최고령 상군 잠수 현덕선
물에 들어
밭 열 개 산 사람

북촌 마을 앞바다 다려도**에 테우*** 타고
둥둥 떠날 때
할머니가 그랬다지

"바다는 자본 없는 땅, 물질해야 먹고산다"

열두 달 해초 바다 위에서
어머니가 그랬다지
"사람 없는 새벽 물에 가야 밥 먹는다"

행상 소리 달구 소리 바다가 부를 때
글 모르니
물질로 한다

* 모자반과의 해조.
** 북촌 앞바다에 있는 섬.
*** 통나무를 엮어 만든 뗏목배.

해녀 말선이

돌 밑에서 올라오다
부산 바다 그물에 걸려 죽은 말선이

납 차고 돌멩이 차고
물에선 조심하거라

곰새기* 만나면
숨비다가 배알로 배알로** 돌아가라 외쳤지

달려오던 곰새기들, 싹 돌아갔지
우리 배때기 착착 넘어갔지

배알로는 우리 시어머니의 당부
우리 모두의 목숨이었지
배알로 배알로! 그때마다
그물에 걸려 나오지 못한

그 아이
해녀 말선이 생각나지
한줄기 날카로운 바람의 부리
스치고 지날 때면

어디선가 물숨으로

바다 무덤 쓰는 벗들이 생겨날 때면
배알로 배알로

* '돌고래'의 제주어.
** 돌고래가 나타나면 물 아래나 배 밑으로 가라는 의미.

해녀 박옥랑

어둑도록 물질하다 돌아온

한밤중

별 총총

여자 여섯 총총

보리밥 한 양푼에 둘러앉으면

하롱하롱 배옥한 촛불 하나

독도 바다 비추고

밥만 먹으면

뒹굴엇수다

별 하나씩 안고

뒹굴엇수다

해녀 고인오

모든 굽이치는 것들이
구부러지면서 내게로 이르더라
휘어지지 않고 이르는 희망이 어디 있겠나
뼛속 상처 건드리지 않고 솟구칠 수 있겠나

내가 없어지고
네가 없어지고
마침내 부서져서
그 바다에 이르면

삐죽 눈 흘기던 물고기가 보이고
내 손바닥보다 큰 수전복이 보이고
횃불로 문어발 꼬시락거리던
내 어머니의 어머니가 보이고
지상으로 심심해서 마실 나온 별들이 보이고

내가 바다를 끌고 가는가
바다가 나를 끌고 가는가
계곡을 오르듯
물속 또한 얼음처럼 버텨야 보이는 세상이야
물속 저린 뼈 삭이고 삭여야 보인다네

그곳은 극과 극의 세상

들판으로 나가는 거야

엎치락뒤치락 들고 나는 동안
젊은 나의 바다는 여전하다네
나는 바다 요왕의 딸
오늘도 나의 잠수는 깊고 깊다네

간혹 그 슬픔의 뼈 삐어져 자랄까
아무 일도 없었던 것처럼
분홍 해삼 하나 잡으면 아무 생각도 없어

물에선 매의 눈, 십오 미터 외작살 매순간 훌쩍
돌고래 출몰엔 혼이 나갔어
나무관세음보살
외고 또 외웠을 뿐이야

바다 벼랑을 본 적 있나
이십 미터에선 절벽이 보이지
온 숨 막히지, 물벽
아서라, 절대 네 숨을 넘어선 안 되느니
물속 무섭단 딸에게 그랬지
어머니가 그랬듯이
물질 배워야 수명장수한단다

열세 살 바다라는 학교에 들어
광야의 바다를 돌고 돌았지
“어 허”
찬란한 아흔둘

해녀 김태매

물질로 번 돈 소리로 날렸다

소리할 때 어머니 소리
물질할 때 어머니 말씀 따라오시네

소리쟁이 욕심 차리면 안 된다
물엣것도 욕심내면 안 된다

사람은 박해도 짧은 세상
돈 벌어도 남 생각해라

사삼 잿더미의 섬마을 떠나
가진 것 다 내준 만덕 할머니 좌정한 건입동 육십 년
옛 등잔불 앞에 놓고 망건 소리 한다

어머니는 물
땅에서도 스승
마른 땅에서도 스승
소리는 뱃줄로 나오는 거야

갓 스물에 평양 미역 물질
모란봉에서 제주 민요 두 바퀴
비단 저고리 유동 치마에 돈 벌고 왔지

망건 탕건 잣듯 소리 돌렸지

물허벅 장단 치며 노래했지
어머니 소리하면 내가 하나 받고
물질도 소리도 으뜸
어머니 이세인의 후계자

어머니가 그러셨지
남 시키지 말아라
위 보지 말고 아래를 봐라
아까운 건 나한테 놓지 마라
내가 아까운 건 남도 아깝다
너는 바다처럼 되거라

노래하며 물질하며 조선 팔도 울렸지

물질로 번 돈 소리로 날렸지

해녀 고태연

학질로 세상 뜬 아버지
깜깜한 섬
세 살 고아였네

열일곱에 제주해협 훨훨 상군 잠녀였네
"배움 없는 우리 해녀 어디로 가나"
사 절까지 척척 불러대던 시절

쓰시마 돌아
시모노세키
먼바다 휘돌다 왔네

귀 밝은 미역귀 소라 전복
물속 세상은 내 집 우영팟*
춘삼월 명주바다 건너 명절까지 들락날락
오르내렸지 공부보다 쉽던

열네 살 신입 창피해
학교 문전 못내 못 넘어
히라가나 배우고 이 년 지나 해방
땅에서도 봉근** 글
물 땅에서도 봉근 글

봉근 글이우다
빗물 한 톨 아까워 풍선 타고 여섯 참 길
성산까지 물 싣고 오르내리더니
대찬 바람 돌고 돌던 섬 같은 여자

통통 기적 같은 기적 소리 실어나르다 서서히
숨 멈추는 저녁 여섯시
바닷물 부글부글 마당까지 들이차는 무쇠 솥뚜껑
누런 항아리에 세월 담는
연기

* 텃밭.
** '주운'을 뜻하는 제주어.

해녀 매옥이

기다려라
아직 길 잃고 헤매는 아이들아
집으로 가는 길 잃은 풀씨들아

내 자맥질로 네 숨을 일으켜주마
네 길 열어주마

얼마나 얼었느냐
바다 벼랑까지 숨 참아본 나는 알지

얼마나 질렸느냐
맹골수도* 탱탱 곤두박질치는 물살에 몸 적셔본
나는 알지

층층 숨의 길 내려가보지 않은 자 모르지
살 찢어지며 살 우는 소리 모르지

물 아래서
물위에서
파편처럼 터지는
땅끝마저 하늘마저 찢기는 소리 모르지

눈먼 파도는 파도끼리 소리쳤지

맹골수도 아직도 길 잃고 헤매는 아이들아
숨길 막혀 얼어붙은 아이들아

내가 엄마다
내가 엄마다

울지 마라
기다려라

내 깊은 자맥질로 네 여린 손가락 잡아주마
허우적 허청대는 네 젖은 꿈 일으켜주마

* 전라남도 진도군 서거차도와 맹골군도 사이를 지나는 바닷길.

해녀 장분다*

봄물처럼 부푼 젖 쪽쪽 빨던 젖먹이 물 밖에 두고
어디 갔나요 갓 스물 쪽머리 엄마

아가 울지 마라
어미는 이어도에 돈 벌러 갔다
아가 울지 마라
어미는 이어도서 곧 돌아온다

새벽마다 가슴에 파고들던 텃새처럼
자나깨나 할머니 가슴팍만 콕콕 파고들었습니다
콩짜개난처럼 용수리 절부암 기어 기어올랐습니다
가물가물 차귀도 그 너머 이어도 불렀습니다

눈 뜨니 바람 분다 '분다'인가요
돈 없어도 이제 그만 돌아오시라
여린 목젖 끊어져라 불렀습니다

논못에서 배운 자맥질 갓 여덟에 바닷물에 처음 데던
두근두근 환한 꽃대로 선 어머니의 이어도 만났습니다
어디서 날 부르는 속살거림 들렸습니다

한 망사리 미역 넘치게 안고 나올 때
애기 상군 나왔다 소리치던 해녀 삼촌들

간절히 간절히 기다리는 한 사랑은
썩지 않는 젖이란 것 알았습니다

바람 부는 물 아래도 큰눈 하나 쓰면
끄떡없는 상군 해녀

물에 들면 어머니의 이어도 올라옵니다

꼬옥꼬옥 알 길 없는 어머니의 이어도 물 아래 그날
기억하는 작은 그것,

빗창 하나 품고 선
어머니의 이어도

* 본명은 장인숙(1949~), '분다'는 세례명이다. 한경면 용수리에서 태어나 고내리에서 물질하고 있다.

해녀 김승자*

해녀 엄마 날 낳으시던 날
물속에서 꼬물꼬물 태중 물질했다죠
내 꿈은 엄마의 꿈
아니죠, 삽시에 물 밖으로 튕겨나갔죠
돌더미에 깔리는 순간
내 꿈은 산산 부서지고 말았죠
뼈와 뼈 관절이란 관절 쇠기둥 세운
열세 살 물의 꿈,
나의 밤은 늘 물속이죠
단 한 번 물에 들어 거룩한 꿈을 들고 나오던
최고 상군 엄마의 딸
그토록 길고 긴 엄마의 숨길 타고난 딸

그때 삽시에 물 밖으로 흩어졌죠
어린 등뼈 부서지던 순간
홋카이도 탄광촌서 감기약 한 알 못 써
머리맡에 깡통 놓고 캉캉캉캉 가래덩이 놓던
아버지 차례 오면 성 담 노역 대신 갔다가
와르르 돌더미에 눌려버린
물의 꿈

* 김승자(1940～): 4·3 시기 아버지 대신 성 담 쌓으러 갔다가 돌더미에 깔리는 사고를 당해 현재까지 후유장애자의 삶을 살고 있다.

해녀 오순아*

살아서 한 번도 함께 만지지 못한
밤바다 홀로 물에 대죠.
동백 붉은 입술의 이불과
푸른 혓바닥의 요를 바다에 누이죠.
동짓달 그 밤
눈은 내리고 내려 쌓여서
검은 바다에 잠길 때까지

* 오순아(1930～): 4·3 시기 열여덟에 결혼했으나, 일 년도 채 되지 않아 같은 해 12월에 남편이 표선백사장 집단학살로 희생됐다.

2부 제주 해녀들

—사랑을 품지 않고 어찌 바다에 들겠는가

우린 몸을 산처럼 했네

깊은 바다 그것이 미욱거릴 적
물결따라 스러져 너울거릴 적
우린 맹렬하게 구애를 했지
몸이 베이는지
몸이 베이는지
ᄆᆞᆷ* 삽서
ᄆᆞᆷ 삽서
밀어닥친 흉년에도 우린 몸으로 ᄆᆞᆷ을 했네
숨을 곳 없던 시절에도
아무런 밥 없던 시절에도
우린 몸을 산처럼 했네
ᄆᆞᆷ 삽서
ᄆᆞᆷ 삽서
우린 ᄆᆞᆷ을 팔았네
미음과 미음 사이 바다를 놓고
동네마다 몸 사라고
외치고 다녔네
내 몸과 네 몸이 하나가 되어
중국집 골목길 빙빙 돌고 돌며 한껏 목청 높였네
ᄆᆞᆷ 삽서
ᄆᆞᆷ 삽서

* '모자반'의 제주어.

몸국 한 사발

창밖에 폴폴 눈 내리는 날
그리운 바다가 화악 달려들었다
단 한 숟갈에도 몸을 살려주던 그것
돼지뼈 접짝뼈
한번 질펀하게 우려내 국물을 내고
그 말갛게 싱싱한 바다의 몸
살짝 밀어넣어주면
순식간에 덮쳐오던 미친 허기
그 위로 접착제처럼 끌어당기던
배설까지 베지근 보오얀 홀림
아무것도 걸칠 것 없는 바다의 식탁
몸이 몸을 먹다보면
저절로 몸꽃 피어나던,
성스러운
그
한 사발
몸국

북촌 해녀사

남자들이 모두 핏빛 바다로 떠난 그날 이후
북촌* 여자들은 물질할 수 없으면
바다를 떠나야 했다

그날 이후
북촌 여자들은 온통
바위섬을 건너야 했다

한 입과 입을 위해
언물에 몸을 밀어넣었다
온 힘 다해 쌓이고 쌓이는
폭설 같은 사랑을 쏟아부었다

빈 가슴
안 먹고도 바닥까지 갈 수 있는 힘줄 만들었다
하루 일당 못 벌면 콱 죽을 것만 같아
가슴속 열꽃 식히지 못해
섬과 섬 너머서 사생결단 벌였다

모두가 대군**
물질 끝나 돌아가던 통통배
순간 한 치 눈치챌 수 없이 매복하던
강골의 바람살

물위 물 아래 위태위태하더니
엎어지고 까무라치고 부서지더니

북촌 해녀 너도 나도 혼 줄 모아
기댔다 두렁박 하나에
등대처럼 기다리는 힘 하나
파도 건너 또랑또랑
어린 입, 입들

* 제주시 조천읍 북촌리. 현대사의 비극 제주 4·3항쟁 당시 주민 450여 명이 희생당한 4·3집단학살의 상징 마을이다.
** 해녀 중 물질 기량이 가장 뛰어난 사람으로 대상군이라고도 함. 상군, 중군, 하군이 있다.

우리 애기 울면 젖 호끔 멕여줍서*

한림 바닷가 물질 끝내고 모여 앉은
머릿수건 다섯
그 위로
콸콸 격랑의 오후 내리꽂힌다

오리발도 기계배도 없으니
먼바다로 이르면 죽는 거라

고무옷이 뭐람
무명천 조각 시절
급한 칼물살이 끌어갈 때 그 여자

저 차귀섬 위 큰 바당까지 헤쳐갔다지
물 터지면 올라오지 못해
몸은 자꾸 아래로 허우적허우적
금릉인가 어디까지 막 밀려갔다지 순간,

그 여자 막숨 하나 부여잡고 소리쳤다지
"우리 애기 젖 멕여줍서"
"우리 애기 울면 젖 호끔 멕여줍서"

그렇게 죽었다지
그 여자 김녕 해녀

비양** 와서 물질했지
김녕서 온 그 여자

* '젖 조금 먹여주세요'를 뜻하는 제주어.
** 비양도.

우리는 우주의 분홍 젖꼭지들

맨발로 함께 걸었다
동복 마을 올레길 돌아
흐리고 검은 바다로 들어선다

파란 깃털 파르르 직박구리 하나 앉았다
왕눈 들고 쑥 대신 탁 한 번 침을 뱉더니
쓱쓱 문지르시곤 검은 모자를 쓴다

모든 준비는 끝났다
출전을 앞둔 선수처럼
나?
까짓것 육십 년 했지!

구멍난 양말 위로 한마디 훽 꽂고
물의 발 신는다
어쩌면 바다와 처음 입맞추는 자의
떨림 같은 엄숙함

머리 위를 돌던 검은 새 한 마리
파드득
물갈퀴에 감췄던 새 한 마리
푸드득
주홍의 둥근 부력 하나 숨을 참는다

그 아래 품은 또하나의 숨

굵고 강한 사월의 폭우가 친다
아직도 둥둥 노랑꽃 떠 있다
그 아래로 터질 듯 말 듯 수그린
한 점

저기 바다 위로 떠오른다
부풀대로 부푼
우주의 분홍 젖꼭지

한순간의 결행을 위해 나는 살았죠

단 한 순간의 투창을 위해 나는 살았죠
한 알 푸른 대지에 아슬아슬 매달린 씨앗
소리 없이 흐르는 물속 절규를 듣고 또 들었죠
단칼이어야 하는 내 운명처럼
한순간의 결행을 위해 나는 살았죠
저미고 저민 날의 그 순간을 살았죠
한때는 단 한 촉의 숨을 조율하던
당신의 떨림판 위에서
긴장의 줄 위에서
아직도 내 생의 도랑은 무사의 허리춤같이
당신과 한몸이 되어 기다리고 있죠
엎어지고 곤두박질치고, 들끓고 부서지는
물의 생, 그러니 당신
건널 수 없다 마셔요
이 밤엔 건너오셔야 해요
홀로 자책하듯 물의 벽도 긁지 마셔요
내 임무를 다하지 못한, 아직껏
당신 가슴 뒤흔들 절창 하나 장만 못한
이 몹쓸 년의 잘못입니다
온몸 녹핀 지렛대처럼
큰 바다 소금 뼈로 절여진 촉수 곤두세워
나를 불러주셔요
헛숨질로 휘청대던 수평선 눈썹에 걸려

한 번도 물을 떠난 적 없다시더니
칭칭 놓친 적 없는 손엣 갈퀴 하나 달고
나는 너를 떠난 적 없다시더니
큰 슬픔 떼어내듯
어쩐지 나는 나의 생을 그렇게 떼어낼 수 없어요
텅 빈 수평선에 걸려
꽉 다문 전복의 등판 단숨에 베듯
통증을 떼내던 날의 무쇠칼
당신과의 한순간을 위해 난 살았죠
낡은 당신의 문전에서 난
아직도 물구나무선 채 기다리죠
슬픈 비명을 듣죠 당신 가슴속
잃어버린 현을 달래는
비의 창

파도 없는 오늘이 어디 있으랴

그때 아버지는 물을 향해
내 속살의 부끄러운
사금파리를 깨뜨리고는
큰 걸음으로 돌아서셨다

그것을 조각조각 건져올리는 동안
나는 절멸 직전 꽃의 소리를 들어야 했다
맨눈으로도 환하던 물의 정원은
어머니의 자궁
물에서 건져올린 건 내 꿈이었다

어디까지 더듬어야 내 어린 어둠이 사라질까
어디까지 내려가야 그날
외발로 선 내 꿈이 착지한 곳이 보일까

그제야 보았다
사금파리를 줍는 동안
바다의 숨결에 떨던
따뜻한 노랑
쓸쓸한 파래빛 바다의 눈
바람 깊은 돌밭 그루터기에서도
숨비소리 내는 애기제비꽃 있다는 것

생의 길은
파도처럼 바람이 품는 것
파도의 생은
몰래몰래 끓는 소리 모아 거대한 위안이 되는 것

파도 없는 어제가 어디 있으랴
파도 없는 하루가 어디 있으랴

다려도엔 해녀콩들 모여 삽니다

다려도엔
폭풍에도 끄떡없이 무장한 해녀콩 있습니다
해녀 엄마 물질하는 새
배가 고파
해녀콩 구워 먹고는
자울자울 잠에 취해 실려 왔다는
그해의 소년들 있습니다

다려도엔
바람 타고 망명한 해녀콩 모여 삽니다
세찬 폭풍에도 단단하게 알을 배고
모여 사는 그것들
해녀들이 바다로 가면 그것들도 갑니다

탯줄처럼 붙어서
바닥 치는 해녀콩 사이사이
머룻줄 송악낭 억새 수리취 모싯대
꼭 그들만의 나라가 있습니다

절규하는 아가미 벌린 검은 바위틈
비명도 눈물도 없이 반드시
살아남은 것들끼리 살아갑니다

눈보라 천둥치면 저들끼리 부들부들 끌어안는
연약하나 질긴 것들만 모여 삽니다
독하고 독한 것들만 모여 삽니다

물소금에 절여진 몸으로 사는,
방싯방싯 연분홍 콩꽃들
배시시 눈떠
아직 오지 않은 사람들
기다리며 삽니다

바닷속 호흡은 무엇을 붙잡는가

하나의 호흡이
하나의 호흡을 마시며 몸을 뒤튼다
다섯의 여자와 바다가 한몸이 된다
허우적 무엇을 붙잡는가
온 가슴의 끝에서 내뱉는다
염주알처럼 알알이
흩어진 것들
염주알처럼
흩뿌려지는 무리들
흩어지는, 새를 좇는 소리들
바다 위로 흩어지고 흩어진다

먹물 튕겨 달아나는 문어처럼

초가 문간 거미줄에 걸린
늙은 테왁 하나
바다 호미 연장이랑 그물자루 오소록이
삐걱대는 파도 소리 받아내며 살지
서북풍 타고 넘는
늙은 가슴 하나 살지
퇴화하는 발톱 위로 먹물 튕겨도
바다 눈은 천리안 그녀
검은 돌밭 이리 번쩍 저리 번쩍
먹물 튕겨 달아나는 문어처럼
볼록볼록 살아 숨쉬는 큰 돌 작은 돌 구멍 뒤
숨은 눈
물풀 사이사이 헤집는 날벼락에도 으윽으윽
밤마다 절절한 바다 끓여내는 그녀
밤 꿈에도 낮 꿈에도
눈에 환한
말하자면, 무자 기축 그 겨울
기억 하나
제주 바다 잘잘 골수 흥건한 오라비 들쳐업고
후다닥 마당까지
뛰쳐온 겁 없던 열일곱
제주 바다
그 여자

잠든 파도까지 쳐라!

그리 약한 소리로 어떻게 파도를 넘느냐
그리 여린 소리로 어떻게 이 산을 넘느냐
이어싸나 이어싸 쳐라 쳐

그만한 힘으로는 어림없지
그만한 목청으론 어림없지

이 바다
저 고개를 넘을 땐 좀더 네 가슴속 잔해를 끌어모아라

검은 바위에 벼락치던 그 물살처럼
절도 산도 바닥까지 쳐라

네가 이기나 내가 이기나
잠든 파도까지 쳐라

네 눈먼 사랑도 그렇게 쳐라

네 더러운 기억도 그리움도 쳐라

얼음꽃 핀 시린 가슴
애간장 뭉개진 가슴 끝까지
끌어올려 내리쳐라

제주해협을 건널 땐
아주 못된 소리를 내야지
어떤 미련도 미움도 내려두고 가야지

서성이는 마음은 절벽 언덕에 버리고 가라
종잡을 수 없는 아린 곡조도
팽팽하게 부풀 대로 부푼 욕망도
아예 저 바다에 두고 가라

독하게
단 한 번에

쳐라!

사랑을 품지 않고 어찌 바다에 들겠는가

하루 다섯 번
파도 면벽수도하는 저 바다 젊은 바위처럼
끄떡없이 자리 지켜 앉아 있다보면
서서히 가슴엣 불 조금씩 졸여지는 것 느껴지지

사랑을 품지 않고
어찌 바다에 들겠는가

그렇다
진술 한 번 해보지 못한 나의 목젖
속울음을 재워두고 어떻게 평생 출렁이는가
짐승처럼 달리고
새처럼 가벼운 부력으로
고생대 애벌레처럼 거기 몸을 맡겨봐라
하루에도 수없이 품으로 날아드는 것
느껴지지

그런데 말이지 내 안엔
기어이 배후가 되는 눈동자 있지
휘적휘적 흐느끼는 죽비처럼
왈칵 물 울음 내리치는

그러니

너를 품지 않고
어떻게 물에 들겠는가

얼마나 깊이 내려가야 만날 수 있나

큰눈 하나로 나를 포박하지 마
안으로만 눈물 자라던
이만하면 내 삶의 문이고 방이고 열쇠 아닌가

따뜻하지, 적셔봐
통증도 빨려들어가지
이만하면 너와 내가 찾는 자유 아닌가

납덩이의 무게야 한갓 목숨줄인걸
쓸쓸한 물결에 허리를 넣었더니
미친 바람의 혓바닥이야

자, 깊숙이 더 깊숙이 들어와봐
이리 휘척 저리 휘척
지붕을 덮은 생의 날개마저 꺾여들 위기라네

자, 봐라 호락호락하지 않지
물속은 삽시에 거대한 드럼 세탁기
떼로 솟구치며 길을 내는 돌고래 눈알이 희번득
겁 질린 수초가 오므라드는구나
벙글벙글 세탁기에 빨려들어가는구나

누구냐

내 몸은 다만
거무스레 흐린 물속 경계가 무너지는 대로
해초처럼 탕탕 부딪치고 부서질 뿐

혹여 너를 배반한 파도가
너를 기다리고 선
저 낯선 바다 너머
돌 틈 사이사이 네 손을 넣어봐

더듬이의 촉수로
그 두렵고 쓸쓸한 벼랑을 휘돌아
점점 깊어가다보면 사라지고 없을
모래 사이사이의 그 사이

보드라운 물은 이제 어디 가서 만나나
얼마나 깊이 내려가야 만날 수 있지

우리가 걷는 바당올레는

너의 섬
나의 섬에 유폐된 자들이 걷는 길이네
기척 없는 멀리서도 바다가 눈치채고
폭풍우 떠나간 뒤 휘도는 천만 겹의 마음을
파도가 스스로 해방시켜주는 길이네

우리가 걷는 바당올레는
비워라 이제 그만 너를 내려 비워라
아니다 내가 그만 너를 놓아주마
마법처럼 걸려오는 파도의 주문에
막힌 가슴 풀어주는 길
늙은 숨비소리가
꽁꽁 언 마음의 닻줄 풀어주는 길이네

우리가 걷는 바당올레는
이제 너는 밀어서 가라
너는 너로 밀면서 가라 하는 길이네
나보다 먼저 떠난 좌절의 날개가 날아와
함께 걸어주는 길이네

죽은 줄 알았던 희망이 따라와
오늘을 오늘이게 하는 길
단단한 마음의 바람을 열어주는 길

우는 어제를
웃는 내일로 걷게 하는 길이네

물질만 물질만 하였지

테왁만 보면 생각나지
무자년 그해 겨울 물때 맞춰 마을 오갈 적
그걸 확 낚아채 내동댕이쳤지
제복의 완장

네 남편 어디 갔냐
각시가 무슨 죄 있냐
제비 새끼 품듯 테왁 껴안은 할망마저
죄가 되었지

그래도 입 다문 너
아예 표류의 길 택했지
어쩌면 그리도 난장 바다 피운 건
아무도 다가갈 수 없는 네 생처럼
한 겹 한 겹 숨통을 막은 네 호흡처럼
내 외딴 마음 탓 아니었을까

가만가만 수긍했다면 말이지
그냥 놔둘 리 있었을까
규칙적인 물때 맞추듯
바람처럼 찾아와 휘파람 내더니
동김녕서 서김녕으로 시집가는 날
식 올리고 이틀 만에 다시 지서에 들락날락

그 눈물 잊지 말라던 할머니 말씀
그대 보낸 내 눈물, 기억하나

구룡포 거제도 물질로 번 돈
시어머니 시할머니 살림 보태고 보태다
쓰린 사랑마저 떠났지 한밤중
다시는 오지 마라
현해탄 건너라
물질만 물질만 하였지

칠십 년 홀로 비잉빙
날 수 없는 새처럼 너 하나 품고 살았지
너 하나 보고 살았지
능멸이 안 된 것 다행
순정은 수평선에 눌러두고
그런 세상 살았지
사난 살앗주*

* '살다보니까 살았지'라는 의미의 제주어.

혹여 제주섬을 아시는가

하늘 향해 눈도 귀도 감지 못한
한라산 때죽나무
만장처럼 휘늘어진 그 꽃그늘 아래
우수수
서보지 않았다면
그것들의 못 견디게 허리 꺾는
우우우 그 소리
듣도 보도 못하였다면
어떻게 제주섬을 다 안다 하겠는가

한라산 복사뼈 드러낸 마른 저녁
섬의 길에 찬연하게 매달린 노란 멀구슬낭
파도에 가까이 더 가까이 귓불 대는 갯메꽃
그 여린 입술에 몸을 낮춰보지 않았다면 그대여
어떻게 제주섬을 다 보았다 하겠는가

섬의 혹을 단 팽나무가
휘어진 흙밭의 시간을 견디고 있다
단단한 화산의 돌밭
뿌리의 실핏줄마저 바다로 가는 시간
걷다가 걷다가
홀로 물이랑을 더듬는 자의 검은 등판을
만나지 못하였다면

어떻게 제주섬을 다 걸었다 하겠는가

아득한 파도 속 몰락한 사랑의 구술을
홀로 받아 적지 못하였다면
어떻게 제주섬을 다 느꼈다 하겠는가

해협을 건넌 바다가 동과 서로 합쳐져
먼바다 언 바닷물에 언 몸 까무러치고
오월에도 흉터처럼 그 붉은 꽃들의
오랜 출가에 마음 주지 못한다면
어찌 제주섬을 다 살아냈다 하겠는가

심장을 드러낸 저 붉은 칸나

그대 나를 두고 노래한다 하지 마세요
그대에게 새벽이 있는 한
여기도 당신과 한곳을 바라보던
빛나는 구월의 바다 구름이 흘러가고 흘러오죠

기다리지 않아도 바다로 침몰하던
달도 별도 뜨고 지죠
물위 별의 자리가 있듯
물속엔 죽어 별이 된 것들 반짝이죠
직하하던 태양이 뜨고 지죠

그대 물갈퀴를 벗는 저녁
채 빠져나오지 못한
휘파람 소리 어디선가 들리거든
한 번만 돌아보세요

찬 새벽 소름 돋는 물의 시간 기억해요
고통 없는 황야의 바다풀로 잠에 드는 시간 기억해요
난 그저 흐를 뿐이니
홀연 작별도 없었다 추궁하지 마셔요

다시는 돌아보지 마셔요
온통 내 몸을 핥고 가던 파도의 시간도

내겐 출렁이던 순간이었죠
그러니 그대 나의 길 위에서 오래 서성이지 마셔요

당신 기억의 바다에서
난 그저 흐르고 흐를 뿐이니
나를 두고 노래한다 하지 마셔요

어디서 징징징 쇠북소리 들리거든
붉은 칸나가 심장을 드러낸 채 바다로 가거든
한번 돌아보셔요
먼바다 바람 타고 떠나가는 내가 보일 거여요

어느 날은 흘러 흘러가는 씨앗처럼
어느 섬
어느 바다의 쓰린 변방에서
팔락이고 있는

테왁이 말하기를

당신이 내게 준 이름은 '안녕'
가문 처음보다 더 크고 깊어진
빈 몸통으로 숨을 쉽니다
돌풍이 잠자는 바다 위에서
당신을 기다립니다 족쇄처럼
어제도 오늘도 그렇듯이
몸을 뒤집을 때마다
새로 피어나는 희망적 관측
당신이 낸 숨의 길을 따라
나는 흘러가고
흐르는 방향을 따라갈 뿐입니다
세차게 퍼득이는 당신의 젖은 가슴도
이제 비로소 분홍 물의 옷을 입고 나올 시간
당신을 기다립니다
비로소 깊은 고통이 만들어낸 숨 터집니다
머리칼
심장
허파
끝까지 결연한 모든 세포들 모아
질주를 멈추지 않는 당신의 시간
나의 이번 생은 이 길 '안녕'
지긋지긋하지만
당신이 낸 길을 따라갑니다

오로지 깊고 먼바다에서 온 전갈을 타고
간곡하게 당신을 기다리는 일
그러니 당신과 나의 사랑은
이제 시작입니다

모든 시작은 해 진 뒤에 있다

저 너머 먼 지평 위로 네가 있다
모든 시작은 해 진 뒤에 있다
바다의 끝을 따라 탄생한 모든 돌구멍들
네 미처 끌어오지 못한 호흡
네 울음소리 듣고 있다
내가 듣지 못한 호흡
네 울음소리 듣고 있다
내가 닿지 못한 물줄기 거슬러 하나가 된다
너는 늘 내 호흡 옆에서 나를 묶는다
나를 중심으로 돌고 돈다
떠나지 않는 칸나처럼
바다의 끝에서 꼬불꼬불 하나의
물줄기 끝에
네가 있다
그렇지 내게도
한 번은 사랑이란 거 품은 적 있지
기어이 기어이
겨울 직박구리처럼
내 가슴을 웅크리게 한 건
네 소리였구나
네 미소였구나

내 먹은 힘으로 사랑을 낳았던가

저 동백
한겨울 내 먹은 만큼 자기를 피워내더니
그 힘 다했는가
먹은 힘으로 꽃을 낳았는가
먹은 힘으로 알을 낳고, 싹을 배고
먹은 힘으로 낳고 또 낳고

맨발에 속곳 입고
맨발에 장갑 없어도 호미 하나 달랑
층층 깊은 물의 길 들어가다보면
미역 꼬챙이 탁탁 끊어 확 올라오다보면
파랗고 파란 파래 미끄르르 지르륵
다락다락 내려앉더라

네가 질긴가 내가 질긴가
네가 먹은 힘
내가 먹은 힘 겨루고 또 겨뤘다
사력 다해 벌였다 한길 물속
다만 먹은 힘 하나 달랑 품고
안 그러냐 붕붕
먹은 만큼 깊이
먹은 만큼 오래
먹은 힘으로 한다

울고 싶을 땐 물에서 울어라

단단해지거라
먼바다 휩쓸다 온 큰 바람에도 흔들리지 마라

꺽꺽 삐걱이며 꿈틀거리는 수평선 너머 휘이익
깊은 곳에서 터지는 가장 먼 소리 배우거라

지키거라
네 몸은
네가 스스로 지키거라

물에선 아무도 믿지 마라
누군들 너를 눈치채선 안 되느니

견디거라
울고 싶을 땐
물속에서 울거라
깊숙이 더 깊숙이 들어가서 울거라

달이 닻을 내리고
별이 닻을 내려
하올락하올락
바다의 바닥까지 내려놓고 갈 때까지

엉덩이를 가슴까지 들어올려라
이리저리 처대던 물의 기억이
그물에 걸려
다만 소리로 남을 때까지

단 한 홉으로 날려라

마흔아홉 셋째야
너는 어미만큼만 하거라
단언한다는 것이
아무것도 아닌 나이가 되었을 때
그땐 보이리니

기억하거라
밤마다 잘강잘강 물소리를 달고 사는 네 어미의
귓바퀴를
처음 견디지 못하면 열 번 스무 번 견디지 못하는 법
아무리 곤두박질쳐본들
한 길 두 길
푸르뎅뎅 부은 네 어미의 가슴팍 소리 없는
통증만 하겠느냐

밀물 아침의 시간처럼
썰물 저녁의 시간도
안녕하지 못한 세상
한숨에 버리고 싶거든
깃털처럼 하르륵 한 홉의 숨
힘차게 허공에 뿌려라

명심하거라

흐린 바다가 그물을 확 낚아채거나
불현듯 바다 언덕 저편으로 안개가 덮칠 땐
단 한 홉으로 날려라

예측 없는 먼 파도가 덮치듯
닻줄 하나 두렁박*에 얽히고설킨다면
네 삶도 그러하다면
엉킨 마음줄도 그리 풀거라

* '뒤웅박'의 제주어.

딸아, 너는 물의 딸이거늘

물위에서 사랑을 만나
풀씨 같은 너를 얻었네

애기 테왁 같은 어린 사랑을 품고
몸에 맞춘 부력으로 붕붕 뜰 때,
네 운명이 내 운명에 말을 걸었네

푸른 해초에 몸을 맡겨
막막하고 아득한 유영을 했네
둥그렇고 단단한 두렁박 속 태로 들어선
태중의 너와 함께 속으로만 흘렀네

떠다니던 북풍이 어둠 한 덩이로 남던 그날
물위에서 너를 낳고 물위에서 너를 키웠네

나의 삶은 그렇게 흘렀네
푸르고 붉은 바다 안팎 시간이 익어갔네
벌겋고 벌건 시린 몸
손톱 발톱마저 시커멓게 멍든 시간도 흘러갔네

난바다 낯선 물갈퀴의 세상
흐르고 또 흘렀네

이제 비로소
네 몸과 내 몸이 바다에서 한몸이 되어
펄펄 열두 길 물속에서 말을 걸어올 때

이 어미
물가슴 아득한 노래 들릴 것이니

딸아 그리하거라
닥닥 심장을 찢어대는 숨 바쁜 진눈깨비에도
결코 탄식의 소리 내지 마라
쉬이 아프다 뱉지 마라

상처가 상처를 위로하고
슬픔이 슬픔을 치유한다
수심 깊은 통증은 통증의 바다가 치유한다

지금은 물의 나라에 드는 시간
비로소 너는 대상군 중 대상군
어미 생의 자맥질 따를 것이니
결코 기죽지 마라
진분홍 협죽도 중력을 와락 물고 물에 들거라

잊지 마라

한 번도 잊지 말거라
결국은 오름만한 품을 가진 사랑을 만나
다랑쉬 굼부리* 알 박힌 사랑을 나눌 때까지
물의 딸임을

이제 곧 물속 세상 물위 세상
젖지 않는 시간이 온다

* 제주에 있는 원뿔 모양의 다랑쉬 오름.

해녀는 묵은 것들의 힘을 믿는다

해녀들은 생의 마지막에
둥근 파도 소리를 듣는다
묵은 생의 지붕을 달래주던 소리
새로운 생을 함께하던 그 소리
파도와 함께 해녀들은 바다새처럼
파도 소리를 내며 생을 다한다
파도는 이미 아기 잠녀로 착지할 때
살 속·깊숙이 알처럼 박혀들었던가
생의 파편이 튀어들 듯이
끝내는 늙어 두꺼운 거죽으로 층을 쌓았다
한순간도 도전 없는 날 없었다
그때
도전하고 살아남아 해녀를 살린 건
아마도 유전적 비호였으리
슬쩍 스치기만 해도 뼈가 부서질 그 시간
해녀는 묵은 것들의 힘을 믿는다
발효 향은 그대로는 익지 않는다
어쩌면 우린 모두
해녀의 생 아니겠는가
먼바다 사투에서 살아남아 돌아오던
해녀의 생 같은 것이 아니겠는가

어머니, 당신은 아직도 푸른 상군이어요

힘차게 난바다 밀어가던
대군의 노래를 오늘도 부르신다면,
어머니, 당신은 지금 젊은 상군이어요
젖은 발 아직도 물 밖 길을 걷는 나는
애기 상군일밖에요

나의 잠수는 아직도 멀고멀었죠
생이란 살다보면
아프다 할 벗 하나는 있어야지
바다만 벗하지 마라
힘들면 힘들다 토하고 살아야지
바다에만 기대지 마라
다른 길 있으면 다른 길로도 가봐야지

그때는 알 듯 몰랐던 어머니 말씀
아직도 깊이 모를 단단한 물의 꿈
소리 없는 미소만 허공에 날리시는
어머니 여전히 그날의 상군

등 푸른 물고기의 거침없는 대열이어요
이미 죽은 줄 알았던
신경세포 하나하나 살아나
밤마다 물소리 듣는다면 어머니,

당신은 아직도 푸른 상군이어요

물위의 뭇별 안쓰럽다
지켜보는 어머니
난민처럼 붉은 잔해로 남은 저녁 바다에서
포기할 수 없는 분홍 한 점
망사리에 쓸어 담고 있다면
몰래 어느 돌 틈에 파종해둔 희망의 깊이까지
들고 계시다면
당신은 아무도 깊이 모를
푸른 상군이어요

산문

그들은 물에서 시를 쓴다

오래도록 저문 바다에 앉아 있었다. 먼저 온 것은 이미 하얀 머리칼, 나중 것은 자줏빛 얼굴, 젊은 억새와 늙은 억새가 뜨겁게 끌어안고 내는 소리를 들었다. 작은 풀잎들은 그들끼리 여린 소리를 냈다. 섬의 곳곳에선 그렇게 숨비소리가 난다.

오래도록 앉아 있었다. 마지막 해가 한 올을 쥐어짜고 사라질 때까지 저무는 제주 바다를 바라보았다. 수평선은 검은 바다와 한몸이었다. 바라보았다. 저녁 해가 아스라한 바다 비늘을 긁을 때까지. 그들이 떠나고 난 바다는 적요하였다. 용암을 품은 하늘은 어쩌지 못해 바다로 콸콸 입수하고 있었다. 검은 바다 위로 선홍의 바다가 흔들리고 있었다.

저 바다의 한낮을 기억한다. 한때 저 바다는 얼마나 벅찬 생의 소리로 요동쳤던가. 무리지어 새처럼, 가오리처럼 오르락내리락하던 그들의 잠수는 그 자체가 파도의 생 아니었을까. 그들은 존재 자체로 우리 생의 묵은 상처를 치유해주고 있었던 것은 아니었을까. 서로가 서로의 안녕을 묻고 있던 그들에게서 어쩌면 나는 시린 위로를 받았을지 모를 일이다. 그도 아니라면 그들의 비애를, 환희를, 자유를 내 것으로 대체했던 것은 아니었는지.

나는 모른다. 그들의 깊이를. 물 안의 그들을 물 밖에서 만나는 나는 그들의 숨을 진정 알지 못한다. 그럼에도, 그토록 깊디깊은 소리를 가까이서 듣고 싶었다. 백파에 몸을 던지는 순간 그들은 시였다. 바다에 드는 순간부터 시였다. 그들은 물에서 시를 쓴다. 시의 운명을 타고났다. 그들의 어머니의 어머니도 시였다. 나는 그들의 시를 받아 적는다. 그들은 물속의 시를 쓴다. 바람이 불면 바람이 부는 대로, 눈이 오면 눈이 오는 대로, 온몸으로 사랑을 밀어넣으며 시를 쓴다. 그들은 물 밖의 삶과 물속의 생을 오가며 시를 적신다.

마른 밭, 마른 땅은 쉬엄쉬엄 갈 수 있지만. 가다가 지치면 자동차에 의지할 수 있지만 바다 밭은 가차없는 곳. 약한 첩 털어넣고 목숨 띄우면 그만. 함께 물에 들어도 저만의 목숨이다. 견뎌내는 물의 공간이며 깊이가 어찌 하나 같겠는가. 오로지 테왁에 의지해 부표처럼 목숨을 띄우는 저마다의 생이다. 하여, 바다의 여인들은 바다에서 죽은 동료를 위해, 닥쳐올 그들 바다의 시간을 위해 극진하게 잠수굿을 올린다.

오래되었다. 그들을 품은 지. 만나고 또 만났다. 바다로 가는 붉은 동백의 섬, 이 땅의 아픈 역사를 살아낸 여인들을. 맺힌 가슴 물질로 활활 풀어내던 아흔 즈음들을. 그들의 서사는 그 자체로 삶의 근원을 떠올리게 한다. 이승과 저승의 경계를 가르는 바다의 생을 떠나지 않고 살아낸 바다의 파수꾼이 그들이기에. 거기서 엄청난 생명력을 피워내는 그들이기에. 지켜보았다. 그들이 내는 숨비소리를. 그렇다면, 그들이 견뎌내는 한 톨의 숨은 무엇인가.

기억한다. 정신의 시원 같던 그들을. 식민의 딸이었던 일제강점기, 목숨 건 고문을 겪으면서도 용감하였던 스물 즈음의 어린 그들을. 살갗은 나무처럼 홈이 패었어도 영혼은 어쩌지 못했던 김옥련, 부춘화, 부덕량. 살아서 만났던 고차동, 김계석을. 그렇게 격류의 한 세기를 살고 떠난 오사카의 해녀 양씨, 그녀의 거대한 마음을 어떻게 잊을까. 따스한 온기만이 힘이 된다고 하셨던 조선족 출가 해녀 김순덕, 이들은 세상을 떠났다. 어찌 잊겠는가. 제주에서 원산, 청진, 일본, 중국, 블라디보스토크 바다까지 누비며 생사를 넘나들던 몸들을, 한때는 힘찬 상군이었던 늙은 그들을. 세찬 칼바람, 눈보라의 해협을 넘고 또 넘어서 몸 던지던 그들을. 젊은 고막을 앗아간 모래 폭풍의 바다와 사투하던 그들을. 아직도 생생하다. 갓 잡아온 싱싱한 문어를 내 앞에 내놓으셨던 화옥이 할머니, 아흔의 홍할머니는 일제강점기 스물의 나이에 일본으로 징용 물질 떠났고, 평생 남의 나라 바다에 살며 슬픈 자작곡 노래를 부른다. 모두 그리운 이름들이다.

현대사의 악다문 고통, 제주 4·3의 동굴 속에서 남편 잃고 살아남은 여인은 가장으로서 모든 것을 감당해야 했다.

그렇게 오로지 혈육의 입을 위해 물에 들어야 했던 그들의 이름이 어디 한둘이랴. 그날이 있었다. 먼바다까지 나가 파도처럼 출렁이며 삶을 건져올리던 그들, 물속의 그들을 물 밖으로 불러내고 싶었다. 먼저 슬프게 떠나간 바다의 그들, 그들의 물 노래를 듣고 싶었다. 아니다. 물에서 부르는 희망의 노래를 듣고 싶었다. 물질 칠십 년 팔십 년, 직업도 아닌 삶, 그 자체다. 그 경이의 순간을 젊은 그들이 유전한다. 인생의 유년에서 청춘의 시기를 여기서 보냈고, 늙은 몸을 이 바다와 섞으며 살고 있는 그들의 바다, 그들은 바다의 무엇이다.

멀고 참 멀다. 그동안 바다의 시간이 많이 흘러가고 흘러갔다. 어느 순간, 맨질맨질 살그락 소리 내던 그 검은 먹돌들이 떼로 매장되기 전, 그 시절이었다. 그때, 보았다. 탑동바다 그 길, 파도치던 캄캄한 신새벽 뒤웅박 둘러메고 같은 방향으로 향하던 그들의 길. 그래선 안 되었으나, 시퍼런 힘줄이 팽팽하던 그 길에서 섬의 심장을 흔드는 고동을 듣고 말았다.

돌아보니, 한없는 부끄러움이다. 물에 드는 자, 부끄러워선 안 된다. "부끄러우면 물질하지 못한다." 해녀 시어머니는 첫 물질에 나선 며느리에게 당부한다. 바다의 그들은 단호하다. 비울 것 비워야 한다. 껴안을 건 껴안아야 한다. 대해에서 그들은 그들끼리 서로의 이름을 불러준다. 그들은 극지의 물속에서 극한의 노래를 부를 줄 안다. 나는 물 밖에서 기다릴 뿐이다. 그럴진대, 어느 순간 나의 숨은 과욕은 아니었을까. 그들의 생 한 톨도 나는 건져올리지 못하였으니. 감히, 어찌 만진다 하겠는가 물속 세상을. 그리고 조금 답해야 한다면, 바다로 흐를 뿐인 그들의 이름을 불러야 한다는 것 아닐까. 이 시집 속의 '해녀전'은 아마도 그러한 소산이다. 그리고 이 작업은 그들의 이름을 부르는 시작일 뿐이다.

그렇다. 왁왁한 물속 물밑에 내려가면 환하다지만 사랑의 깊이 없이 어떻게 깊은 바다에 들겠는가. 사랑을 품지 않고 어찌 물에 가겠는가. 어떤 절박함 없이 어찌 극한을 견디겠는가. 그러니까, 당신들은 삶이란 무엇인가를 말없는 물노동으로 보여주었다. 우리 앞에 거대한 위로를 건네주었다. 어쩌면 우리는 큰 빚을 지고 말았다. 슬픔과 기쁨으로 범벅된 물의 운명을 사는 이 바다의 당신들에게. 그들의 이름은 해녀이거나 잠녀이거나 잠수이다. 오랜 세월 그렇게 불렀다. 하나로 묶어낼 수 없다. 해서, 이 시의 곳곳에서 부르는 노래엔 이 모든 이름들이 섞여 있다. 그 모든 이름들은 바다의 흐름처럼 시대의 초상이므로.

허영선　제주에서 태어났다. 1980년『심상』신인상을 통해 등단했다. 시집으로『추억처럼 나의 자유는』『뿌리의 노래』등이 있다. 제민일보 편집부국장을 지냈으며, 한국작가회의회원, 제주대 강사로 있다. 김광협문학상을 수상했다.

문학동네시인선 095
해녀들

1판 1쇄 2017년 7월 5일
1판 4쇄 2021년 7월 2일

지은이 | 허영선
책임편집 | 김민정
편집 | 도한나 김필균
디자인 | 수류산방(樹流山房)
본문 디자인 | 이주영
마케팅 | 정민호 이숙재 우상욱 정경주
홍보 | 김희숙 김상만 함유지 김현지 이소정 이미희 박지원
제작 | 강신은 김동욱 임현식
제작처 | 영신사

펴낸곳 | (주)문학동네 | 펴낸이 | 염현숙
출판등록 | 1993년 10월 22일 제406-2003-000045호
주소 | 10881 경기도 파주시 회동길 210
전자우편 | editor@munhak.com
대표전화 | 031) 955-8888 | 팩스 | 031) 955-8855
문의전화 | 031) 955-3578(마케팅), 031) 955-2678(편집)
문학동네카페 | http://cafe.naver.com/mhdn
북클럽문학동네 | http://bookclubmunhak.com

ISBN 978-89-546-4318-4 03810

* 이 도서의 국립중앙도서관 출판예정도서목록(CIP)은 서지정보유통지원시스템 홈페이지(http://seoji.nl.go.kr)와 국가자료공동목록시스템(http://www.nl.go.kr/kolisnet)에서 이용하실 수 있습니다. (CIP 제어번호 : CIP2016027165)
* 잘못된 책은 구입하신 서점에서 교환해드립니다. 기타 교환 문의: 031) 955-2661, 3580
www.munhak.com